CHAOS
108

ISBN 978-88-89199-81-7

prima edizione maggio 2008

Copyright © 2008
Edizioni Biblioteca dell'Immagine
Via Villanova di Sotto, 24 - Pordenone

Marcus Parisini
L'ANIMA DEL LUPO

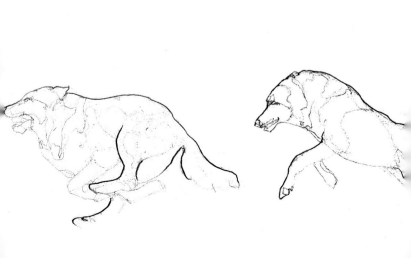

INTRODUZIONE

Perché un libro sul lupo?

Il primo motivo perché rispecchia il sentimento di entusiasmo e affetto di migliaia di persone nel mondo, le quali hanno determinato un "miracoloso" cambiamento di mentalità, tutto in questi ultimi decenni, dopo millenni di odio isterico e leggendarie fantasie popolari.

Il secondo per la perseveranza dimostrata in 200.000 anni di esistenza, e in particolar modo per essere sopravvissuto allo sconvolgimento del suo universo in questi due ultimi secoli, dove il suo antico rivale, l'essere umano, è riuscito da solo a provocare l'estinzione di migliaia di specie viventi e a distruggere milioni di ettari di foreste.

Il filosofo Jeffers afferma che: "L'uomo non è lupus: è peggiore dei lupi, è il peggiore di tutti gli animali, perché è l'unico in grado di mettere in pericolo la stessa esistenza del pianeta".

I lupi esistono da migliaia di anni, e in questo

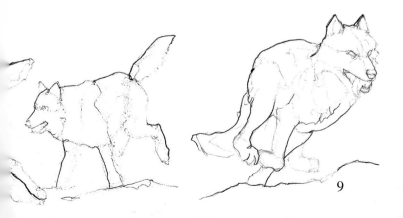

lunghissimo spazio di tempo si sono modificati poco o niente, semplicemente perché agiscono così perfettamente nel loro ambiente di vita che non hanno bisogno di nessuna mutazione.

L'uomo primitivo prendeva gli avanzi di cibo lasciati da questo animale abile e intelligente.

Viveva rispettando e temendo questo suo rivale, ma nel tempo, con la mano, con l'arma e col pensiero personale, l'uomo è diventato "creatore".

Così, munito dell'arma per uccidere, l'uomo strappa alla natura il privilegio del creare.

L'uomo "creatore" è uscito dalla associazione della natura, e con ogni invenzione si è allontanato sempre di più, e più ostilmente, da essa.

In Europa da quando nacque l'agricoltura il lupo divenne da "divinità" a "demonio".

Uno dei motivi principali che si trovano alla fonte della furiosa rivalità dell'uomo con il lupo è di origine economica: esso attacca il bestiame, principale riserva di nutrimento per gli umani, e rappresenta un forte concorrente per la caccia di prede selvatiche destinate al loro piacere.

Questo rapporto di paura e squilibrato furore nei confronti del "nemico" lupo resiste ancora oggi nella mentalità degli allevatori e dei cacciatori.

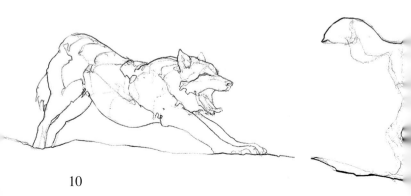

E forse soltanto in questi anni possiamo comprendere nella sua totalità questo pensiero "Non esistono i lupi, esiste solo l'idea che abbiamo dei lupi".

L'uomo è indubbiamente un essere particolare, e come scrisse K. Lorenz: "Sostenere che gli uomini sono 'soltanto' mammiferi imparentati coi primati, è una bestemmia. Gli uomini sono esseri unici, esseri diversi dai mammiferi, più intelligenti, in poche parole: esseri umani".

Ma, a questo punto, nasce un rischio assai comune: quello di umanizzare la natura.

La distinzione tra bene e male è una caratteristica solo umana. La natura non fa distinzione, non finge e non giudica. Che cosa accadrebbe se un animale giudicasse? Se, ad esempio, dei cuccioli di lupo, giudicassero l'uomo. Cacciatore che uccide i loro genitori per sport o per la pelliccia? Non vedrebbero l'ora di crescere per vendicarsi. Ma il lupo è circondato dall'armonia del suo ambiente, da leggi ben precise dove la condanna e il giudizio non esistono!

Solo l'essere umano prova gratificazione e piacere a giudicare, perché così può sentirsi migliore dell'altro, alimentando così un senso di superiorità.

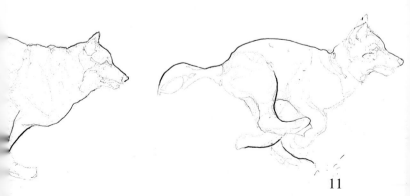

Abolendo il concetto di "superiorità" sia nell'uomo o nel lupo, mi affascina osservare le diversità, così da comprendere perché pensando al lupo nella sua integrità mi è immediato formulare un elenco di virtù più che di difetti: bellezza, fascino, intelligenza, grazia, lealtà, forza, coraggio, costanza.

Ad esempio è interessante notare che imparare a uccidere, per l'uomo come per i lupi, è un adattamento culturale.

L'essere umano possiede il libero arbitrio, quindi se non deve cacciare per vivere, in quanto animale onnivoro, può scegliere di comprare il cibo e coltivarlo, e addirittura diventare vegetariano. Nel caso di aggressione può difendersi senza uccidere, praticando la non-violenza, quindi diventa ancor più inconcepibile il perché un bambino palestinese, ad esempio, venga educato a uccidere dei propri simili per motivi religiosi, e addirittura provarne piacere!

Il lupo è un carnivoro, un predatore che possiede delle armi naturali tali da abbattere prede dieci volte più grandi di lui, e nonostante ciò riesce a tenerle a bada tra i propri simili, da innate soglie inibitorie: ovvero senza leggere i libri di Gandhi il lupo più debole si accorge della superiorità del rivale, si distende supino in posizione totalmente vulnerabile in atteggiamento di sottomissione, bloccando così l'aggressività dell'avversario!

Direi appropriata la seguente citazione di Goethe: "Gli animali tentano sempre l'impossibile, e riescono".

Invece l'essere umano domina i propri simili e le altre creature del pianeta perché non riesce ad accontentare se stesso, sempre in preda a nuovi desideri, e anche come padre, secondo

recenti statistiche, non gioca con i propri figli per più di venti minuti al giorno!

Della vita sociale dei lupi, che cosa sappiamo? Non tutto quello che vorremmo, ma secondo lo studioso Masson «...una cosa è certa, e cioè che i lupi, e quasi tutti i canidi selvatici, sono padri splendidi». Il maschio del lupo dominante provvede all'educazione dei cuccioli, insegnando loro a rispettare le gerarchie del branco, a cacciare e a condividere il cibo con altri membri della comunità. Queste informazioni, pur essendo recenti, non basteranno a sradicare tutti i pregiudizi sul lupo come animale solitario, malvagio, feroce e assassino. Men che meno offendendo l'orgoglio umano affermando che la paternità del pinguino reale, del castoro o del lupo è di gran lunga più coinvolgente e serena della nostra. Ma allora come stimolare il dibattito, al fine di ridare dignità a questo stupendo animale, processato e condannato come "lupo cattivo"? Forse, oltre che a dare risposte

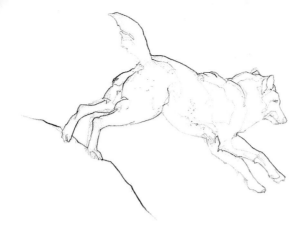

scientificamente esatte, bisognerebbe formulare domande con meno risparmio emotivo.

Una di queste è formulata dallo scrittore Coetzee: «...siamo sicuri di comprendere l'universo meglio degli animali?».

Una risposta la trovo nel libro "Il compagno dei lupi" del biologo Mowat, il quale racconta la storia della sua spedizione fra i ghiacci del Canada settentrionale, vivendo per diversi mesi nel regno del lupo artico: «...invidio i lupi per la loro esperienza del mondo, sempre in contatto diretto con il loro ambiente, spostandosi attraverso i loro territori, attenti ed in armonia con tutti i segnali che giungono ai loro sensi, rivelando loro dove è passato da poco un convoglio o dove c'è un corso d'acqua, rivelando loro un intero universo che noi non possiamo realmente conoscere, perché allontanati dal nostro stesso io».

Da sempre l'uomo ha creato una suddivisione tra utile e dannoso, tra animali "buoni" e "cattivi", dove i primi, di regola, sono quasi sempre erbivori e si possono mangiare (cervo, gazzella, lepre, ecc.). Secondo K. Lorenz «"i cattivi" ven-

gono confrontati con l'uomo come unità di uguale valore. Però quando un lupo va a caccia e uccide un capriolo, la sua azione non viene valutata alla pari di quel cacciatore che va nel bosco e spara a un capriolo, bensì come se un macellaio ammazzasse un fornaio e lo gettasse in pentola! In realtà questo è sbagliato, perché il lupo ha bisogno di mangiare il capriolo, mentre il cacciatore agisce per divertirsi».

L'argomento della sofferenza degli animali inflitta gratuitamente, per sport, ignoranza, egoismo da parte degli esseri umani, difficilmente potrà essere compresa tra qualche decennio dai nostri nipotini.

La vera rivoluzione riguarda a mio avviso la comprensione di semplici regole morali, un'etica da applicare al rapporto tra noi e la terra, che è, al momento, l'unico luogo in grado di ospitarci. Il tema della vita naturale non può essere separato dal sogno dell'uomo di trascendere i limiti della propria natura: l'impulso verso il divino. Quindi se il nostro cervello così evoluto determina il talento della ragione, potremmo esercitare questa potenzialità per fare quello che nessun altro animale può fare: ovvero decidere volontariamente di limitarci, scegliere di restare creature di Dio anziché trasformarci in Dèi. Questo atto di umiltà, di autocontrollo risulta la vera sfida. Si tratta di ridurre il godimento materiale, limitando desideri e ambizioni, non domani ma oggi stesso, così da alimentare la speranza, perché come scrisse Rousseau «La speranza abbellisce tutto». Ma non si tratta in nessun caso di preferire quello che è antico a quello che è moderno, ma di vedere quello che è vivo e quello che non lo è. Sfortunatamente siamo sempre più sommersi da messaggi visuali creati per farci desiderare oggetti superflui e prodotti sempre più artificiali, così da allontanarci da quel sentimento di riverenza che solo la natura sa ispirarci.

Per questo risulta importante comprendere la natura di un animale selvatico, come il lupo ad esempio, dove le sue regole di vita sono puramente biologiche, collaudate da migliaia di anni, e mai cariche di "sentimentalismo umano", di secondi fini, malizia o corruzione.

La natura notoriamente non conosce sentimenti di compassione. Sapete di che cosa muore generalmente un erbivoro come uno stambecco o un alce? Muore di fame, perché i suoi denti sono consumati fino alle gengive, il che provoca terribili infiammazioni, e ruminare gli procura una tale sofferenza che non mangia più. Ma esiste un equilibrio affascinante che risponde a principi eterni e immutabili, come nella predazione nei grandi carnivori: un lupo non ucciderà mai un altro animale sano e forte, ma soltanto uno malato, vecchio o dei cuccioli nati tardivamente che non sarebbero sopravvissuti all'inverno. Questa selezione naturale favorisce la conservazione del patrimonio genetico. Tutti questi delicati meccanismi naturali rischiano di sparire per sempre in un futuro più o meno prossimo. La futura estinzione del lupo, come di altri grandi carnivori come il leone o il leopardo, sarà causata dall'avidità e dall'ignoranza dell'uomo, che alle parole di Teofrasto "La polpa della mela non esiste solo per essere mangiata dall'uomo ma anche per proteggere il seme", preferirà sottomettersi alla logica del denaro, dove allevatori assolderanno cacciatori per eliminare il "nemico" con il motivo più semplice: proiettili e veleni costano meno che recinti e pastori!

Quindi per difendere gli animali non si può non tutelare i diritti della popolazione locale, in quanto il rispetto per la vita in tutte le sue manifestazioni non può contemplare il fanatismo, perché come afferma Goldoni «Ormai rischiamo di commuoverci di più davanti alla clinica del gardellino che alla casa del moribondo». Un'altra citazione illuminante è quella di Beppe

Grillo: «Io me ne strasbatto dello stambecco del Gargano! Che scompaia. Ma qui sta rischiando di scomparire anche il falegname di Viterbo. Ho il terrore di incrociare un panda con una mia foto sulla maglietta!».

Eccessi o meno, il punto non è se l'uomo è più importante dell'animale o viceversa, ma se in futuro l'essere umano avrà la capacità di simpatizzare con tutte le creature del creato oppure no. Se si sceglie la prima ipotesi, oltre all'etica, sarà utile diventare più ricettivi alla percezione del bello. Il senso estetico appartiene a tutti, anche all'uomo immerso nella metropoli, perché un giorno passato senza la visione o il suono della bellezza, la contemplazione del mistero, o la ricerca della verità e della perfezione è un ben povero giorno. Se l'essere umano crede nelle parole di Fromm, e cioè che «Il compito dell'uomo è dare alla luce se stesso», potrà vivere attimi di dubbio sul come riuscirci, ma non sul fatto che questo mondo sia privo di meraviglie.

Il mio *come* risiede nel disegnare.

Preparare questo libro sul lupo mi ha dato la possibilità di sfiorare la mia animalità. Privilegiare il ritratto, lo sguardo e quindi tentare di far parlare gli occhi del lupo, utilizzando soltanto una matita o una penna, è stato come aprire una crepa nella "superficie interiore" e poter dialogare con l'anima dell'animale. Sorretto dalle parole di Platone: «Se uno, con la parte migliore del proprio occhio (la pupilla), fissa la parte migliore dell'occhio dell'altro, vede se stesso», ho percorso un cammino ideale comune al pittore cinese, il quale dipingendo un cavallo o un albero, diventava il soggetto stesso. Con questo non voglio dire che mi sono trasformato in un lupo, ma ho vissuto la sensazione breve ma stimolante, nel quale il vetro infrangibile eretto dalla nostra mente viene frantumato, scompare la separazione con l'animale disegnato, e non esiste più distanza tra me stesso e la realtà naturale.

Disegnare è proprio questo: un lento processo per catturare l'innocenza perduta, una possibilità di ritornare nudo e primitivo all'alba della civiltà, dove tutto era mistero, e dove lo sguardo dell'animale era colmo di paura e curiosità quanto quello dell'uomo.

I miei disegni sono semplici linee su della carta, vogliono solo comunicare un frammento di bellezza del creato, e questo mi basta.

Desidero terminare con le belle parole dello scrittore Bevilacqua: «Perché l'ultima, vera opportunità che ci rimane è quella che la nostra anima ci offre silenziosamente ogni giorno: capire il mondo senza "capirlo" del tutto, amarlo senza possederlo, stupirci senza "stupirlo"».

Marcus Parisini

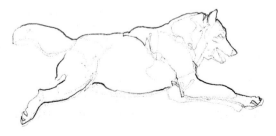

*Benvenuti nel mondo
dei lupi*

«*La base dell'amicizia è la comunione di interessi. I lupi stanno insieme per la vita. E chiamano le nostre famiglie "branchi", come dei mucchi d'oggetti qualsiasi! Membro di una comunità che sa come vivere bene insieme agli altri, io rigetto lo stereotipo di animale ingannatore. E' vero che il solo modo per mangiare è in definitiva sbranare, ma non si può certo mangiare con gli occhi, e oltretutto**

*noi lupi abbiamo un gran cuore: siamo
teneri, allegri, e, per finire, gentili.
Innanzitutto la sopravvivenza, certo,
ma subito dopo viene la convivialità!
L'attacco di un lupo a un alce non è
peggiore delle convenzioni delle nazioni,
o delle strategie politiche della maggior
parte dei partiti».*

R. Grossman

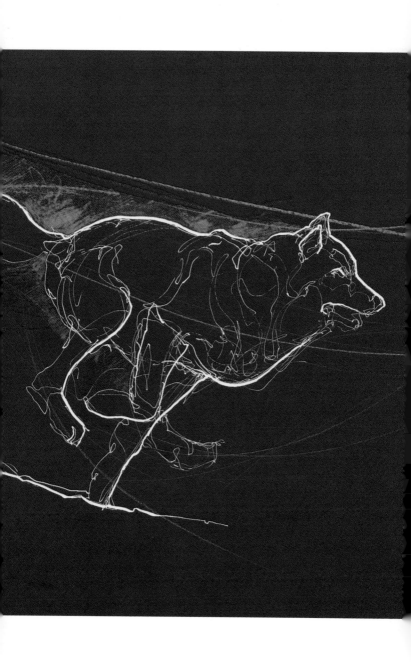

«L'uomo si differenzia dagli altri animali
perché è assassino; è l'unico primate
che uccida e torturi membri della propria
specie senza motivo, né biologico
né economico, traendone soddisfazione».

E. Fromm

«Il ritorno alla natura: ho visto i naturalisti
nudi, con la sigaretta in bocca e aprivano
una scatola di sardine: l'intenzione
era buona!»

Lanza del Vasto

«*Intorno ai lupi ruota una questione fondamentale. Vogliamo veramente preservare la natura?*
Oppure soltanto qualche suo pezzo, che ci sta più comodo? Finché scegliamo e scartiamo pezzi, le comunità naturali rispecchieranno più gli obiettivi temporanei delle comunità umane che il funzionamento olistico della natura. Come, allora, potremo mai capire il creato?».

D. Chadwick

«La vita degli spettacoli naturali è solo nel cuore degli uomini; per vederla bisogna sentirla».

J.J. Rousseau

«Nel fatto che si parli ad essi, che siano amati e curati, gli alberi e i ruscelli e gli animali appaiono come quello che sono: belli, non soltanto per coloro che parlano con essi e li guardano, ma in se stessi, oggettivamente».

Marcuse

«Il mondo ha bisogno del sentimento
di orizzonti inesplorati, dei misteri
degli spazi selvaggi. Ha bisogno di un
luogo dove i lupi compaiano al margine
del bosco, non appena cala la sera,
perché un ambiente capace di produrre
un lupo è un ambiente sano, forte, perfetto».

G. Weeden

«*Fratelli, amate l'uomo anche nel suo
peccato, perché questa immagine
dell'amor di Dio è anche il culmine
dell'amore sopra la terra.
Amate tutta la creazione divina, nel suo
insieme e in ogni granello di sabbia.
Amate ogni fogliuzza, ogni raggio di sole!
Amate gli animali, amate le piante,
amate ogni cosa!*

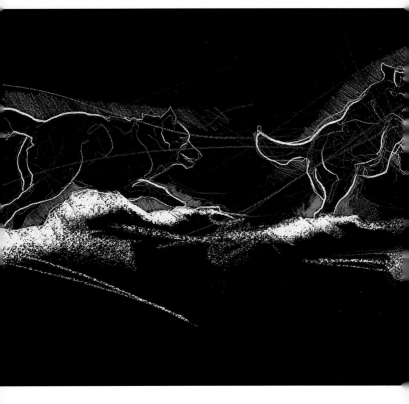

*Se amerai tutte le cose, coglierai in esse
il mistero di Dio.
Amate le bestie: Dio ha dato loro il
principio del pensiero e la gioia pacifica.
Non tormentatele, non turbatele,
non togliete loro la gioia, non opponetevi
all'intento di Dio.
Uomo, non innalzarti sugli animali».*

Dostoevskij

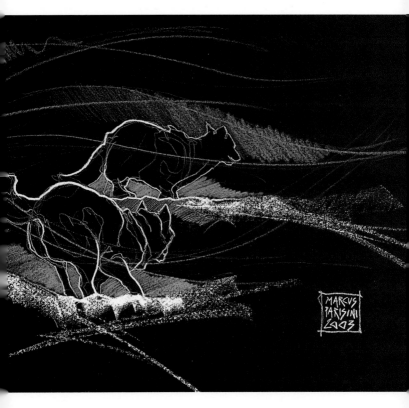

34

«A un vecchio nunamiut fu
chiesto chi, alla fine della
propria vita, ne sapesse di più
sulle montagne e colline della
catena di Brooks nei pressi
di Anaktuvuk,
un vecchio uomo
o un vecchio lupo?
Dove e quando cacciare,
come sopravvivere a una
bufera o a un anno
senza caribù?
Dopo una pausa l'uomo disse:
Allo stesso modo.
Ne sanno allo stesso modo».

B. Lopez

«Gli animali vanno salvati
per se stessi e non perché
se va tutto bene un giorno,
forse, lo imporrà
l'opinione pubblica».

A. Singh

«*Non siamo nati solo dalla nostra madre, anche la terra è nostra madre, essa che tutti i giorni penetra in noi assieme a ogni boccone che mangiamo*».

Paracelso

«*Il lupo, ora specie in pericolo, è diventato un simbolo di tutto ciò che è giusto e in armonia con la natura. E' l'uomo moderno che, nella sua ignoranza, ha avuto torto e ha perso la sintonia con la natura. Non il lupo*».

M.W. Fox

«*Non c'è dubbio che noi discendiamo dalle scimmie. Il guaio è che non siamo capaci di risalire fino a loro*».

Fellini

«*Pensavo di essere un lupo, ma la voce stridula dei gufi mi ha messo paura durante la notte*».

Falco Grigio (Tribù-Lakota)

«*L'universo non è stato fatto per l'uomo più che per l'aquila o per il lupo: ogni cosa fu creata non nell'interesse di qualche altra cosa ma per contribuire all'armonia del tutto, affinché il mondo potesse risultare assolutamente perfetto*».

Celso

«(…) *Non so che cosa credere.*
Mi chiedo spesso che cosa sia mai
il pensiero, che cosa sia la comprensione.
Siamo sicuri di comprendere l'universo
meglio degli animali?».

J.M. Coetzee

*«(…) Bisogna essere ciechi in tutti i sensi
oppure del tutto cloroformizzati dal
"Foetor Judaicus", per non riconoscere
che l'animale, nelle cose essenziali
e principali, è assolutamente la stessa
cosa che siamo noi, e che la differenza
sta soltanto nelle cose accidentali,
nella sostanza, che è la volontà.
Il mondo non è un'opera raffazzonata,
né gli animali sono prodotti di fabbrica
per nostro uso e consumo».*

A. Schopenhauer

«Ma, dice la gente, in un secolo di guerra
e di miseria nel quale gli uomini
conoscono tanti drammi e infelicità,
è vano e puerile intenerirsi sui lupi,
sulle vacche e i vermi. L'argomento,
tutto pieno di buon senso comune passa
a lato della questione, poiché la sofferenza
degli animali non toglie niente alle
disgrazie degli uomini. Essa si aggiunge
e vi contribuisce persino.

Non dimentichiamo mai questa legge:
che l'uomo così come tratta la natura,
finirà sempre per trattare l'uomo.
Tutto comunica in questo mondo,
e il dolore e la morte
circolano e ritornano».

Lanza del Vasto

«C'è bellezza solo quando la mente
e il cuore sono completamente in armonia
con le cose, e la bellezza non può essere
percepita da una mente limitata,
che sà vedere solo
il disordine di questo mondo».

Krishnamurti

*«Se domani il mondo verrà distrutto,
io oggi pianterò un albero di mele»*

M. Luther King

47

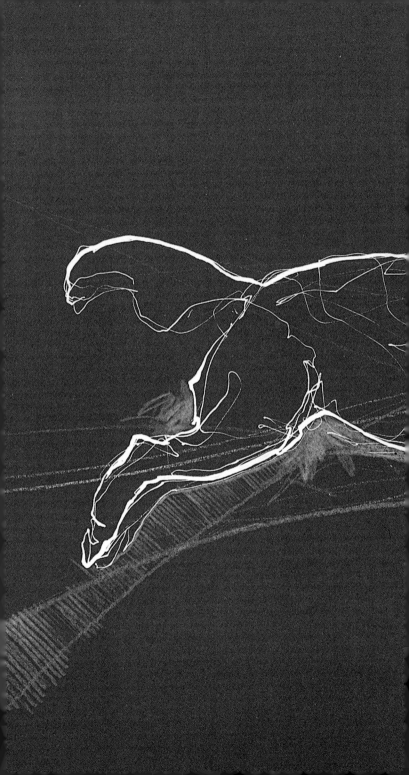

«*Non esistono i lupi, esiste solo
l'idea che abbiamo dei lupi*».

«Ad un ragazzo piaceva molto il pollo,
ma aveva una grande paura dei lupi.
Una notte fece un brutto sogno: se ne
andava solo per la foresta in cerca di
funghi. Improvvisamente un lupo balzò
da una macchia e si gettò su di lui.
Il ragazzo, terrorizzato, gridò
«aiuto, aiuto! Mi vuole mangiare!».
Il lupo gli disse… «Non gridare, io non ti
mangerò: voglio soltanto discorrere».
E il lupo cominciò a parlare come
se fosse un uomo.
«Tu hai paura che io ti mangi»,
disse al ragazzo.
«Ma tu non mangi i polli, forse?».
«Si», rispose. «E perché li mangi?
Essi sono vivi come te, poveri polli!

Guarda come li afferrano, come il cuoco
li porta in cucina e tira loro il collo!
La loro madre grida perché le hanno
strappato i figli. Non hai mai osservato
tutto ciò?».
«No», rispose il ragazzo.
«Mai?» disse il lupo. «Ebbene, meglio
così. Questa volta sono io che ti mangerò.
In fin dei conti, tu non sei altro che un
piccolo pollo per me!»
Detto questo, il lupo si gettò sul ragazzo
e questi spaventatissimo gridò:
«Aiuto! Aiuto!» e si svegliò.
Ma da quel giorno egli non mangiò più
carne: né di bue, né di montone, né,
tantomeno, di pollo».

Lev N. Tolstoj

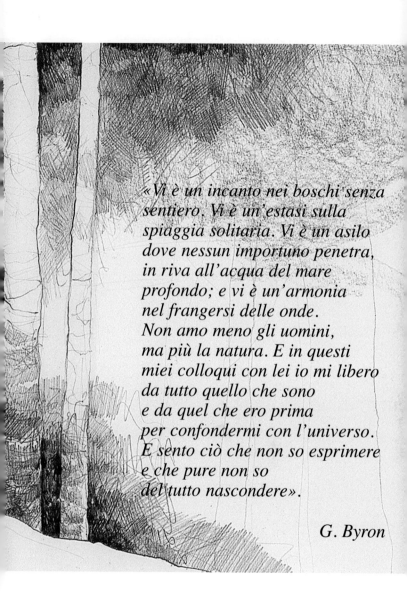

«Vi è un incanto nei boschi senza
sentiero. Vi è un'estasi sulla
spiaggia solitaria. Vi è un asilo
dove nessun importuno penetra,
in riva all'acqua del mare
profondo; e vi è un'armonia
nel frangersi delle onde.
Non amo meno gli uomini,
ma più la natura. E in questi
miei colloqui con lei io mi libero
da tutto quello che sono
e da quel che ero prima
per confondermi con l'universo.
E sento ciò che non so esprimere
e che pure non so
del tutto nascondere».

G. Byron

«Raggiungemmo la vecchia lupa giusto
in tempo per osservare un fiero fuoco
verde che moriva nei suoi occhi.
Allora mi resi conto,
e mai più dimenticai, che quegli occhi
parlavano di qualcosa che io
non conoscevo, qualcosa noto
solo a lei e alle montagne.
Ero giovane e in preda al prurito

di premere il grilletto; pensavo che
"meno lupi" volesse dire "più cervi",
che "nessun lupo" sarebbe stato
il paradiso di ogni cacciatore.
Ma vedendo morire quel fuoco,
sentii che né il lupo né la montagna
erano d'accordo con me».

Aldo Leopold

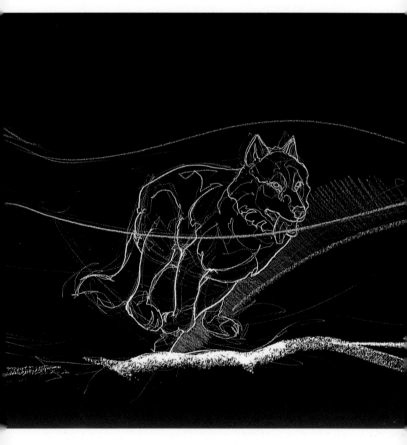

«Hum! Dice l'uomo - dal - colletto - duro -
Gli animali non hanno la ragione: l'uomo
ha dunque ogni potere su di loro - uomo -
dal - colletto - duro, è con la tua ragione
che soffri tu?
E ancora: è per soddisfare alle esigenze
della ragione che l'uomo ammazza?
Ammazzano e torturano gli animali
col pretesto che quelli non hanno
la ragione, e così dimostrano
di non avere essi stessi la ragione».

Lanza del Vasto

«Ogni animale, tranne l'uomo,
è un rappresentante della sua specie:
l'uomo rimane l'animale incompiuto.
Le sue più alte conquiste sono sempre
degli inizi, e la massima quota raggiunta
lo lascia ancora insoddisfatto».

D. Morris

«*Le piante che crescono nei nostri boschi
e sulle nostre colline sono rimaste
identiche a come le lasciarono le mani
del creatore, ed è a loro che mi reco
per studiare la natura; trovo infatti
che la natura in un giardino non è
la stessa: ha più splendore,
ma non commuove altrettanto*».

J.J. Rousseau

«L'uomo differisce dall'animale non già
grazie a una sostanza spirituale,
bensì per particolari caratteri fisici».

Helvetius

«L'uomo non è lupus: è peggiore
dei lupi, è il peggiore di tutti gli animali,
perché è l'unico in grado di mettere in
pericolo la stessa esistenza del pianeta».

R. Jeffers

«L'uomo è solamente un animale mezzo
addomesticato che per secoli ha comandato
sugli altri animali con la frode,
la violenza e la crudeltà».

C. Chaplin

«Da molti giorni un lupo era in cerca
di preda. Giunto fino alle prime case
di un villaggio, sentì gli strilli
di un bambino e la voce di una vecchia
donna che diceva:
«Se non la smetti subito di piangere,
ti farò mangiare dal lupo».
Il lupo si fermò ad aspettare
pazientemente che gli desse il bambino.
Era scesa la notte: il lupo aspettava
sempre. Ed ecco, udì di nuovo la voce
della vecchia: «Non piangere, piccino.
Non ti farò mangiare dal lupo. Se il lupo
verrà lo uccideremo». Allora il lupo
si disse: «In questo paese, evidentemente,
non si mantiene la parola data».
E se ne andò infreddolito e disgustato».

Lev N. Tolstoj

«Un lupo vide un agnello che si dissetava
in riva ad un piccolo torrente.
Il lupo voleva mangiare l'agnello,
cercò un pretesto per litigare.
«Tu intorbidi la mia acqua»,
gli disse, «e mi impedisci di bere».
«O lupo!» rispose l'agnello;
«come posso intorbidire la tua acqua?
Vedi bene che io sto più in basso di te;
e poi, bevo solo a fior di labbra».
«Ebbene», disse il lupo,
«per quale ragione l'estate scorsa
hai offeso mio padre?»
«Ma lupo, l'estate scorsa
non ero ancora nato!».
Il lupo preso dalla collera, gli disse:
«Tu hai ragione! Ma io sono digiuno
e ti mangerò».

Lev N. Tolstoj

«Non il cieco istinto soltanto, come altri
ebbe a credere, ma l'intelligenza
e l'affettività più squisita talora
che nell'uomo, distinguono l'animale
nella sua vita di relazione con i suoi
simili e noi».

G. Del Vecchio

«Un uomo veramente civile è un uomo
che, seduto sul pavimento della sua
capanna, si sente legato con tutte
le creature e vede l'unità dell'universo.

*Quest'uomo, e non altri, è giunto alla
vera essenza della civiltà».*

Capo Indiano Orso-che-sta-in-piedi

«Io voglio molto bene al lupo, poiché
è il miglior amico del nostro popolo;
oltre a ciò, egli ulula alla luna, e per
questo motivo ci dona gioia. Mi piace,
come egli parla con noi. Il lupo
è veramente il nostro migliore fratello».

E.J. Benton, 9 anni

«Nel nostro rapporto con gli animali,
e forse solo su questa via, possiamo
di nuovo arrivare ad una reale religione,
una religione del vero amore umano».

R. Wagner

«(…) *Evidentemente è giunta
l'ora di porre fine in Europa
alla concezione ebraica
della natura, almeno
riguardo agli animali,
e di riconoscere,
risparmiare e
rispettare in quanto
l'eterna essenza,
che, come in noi, vive
anche in tutti gli animali.
Sappiatelo! Ricordatelo!*»

A. Schopenhauer

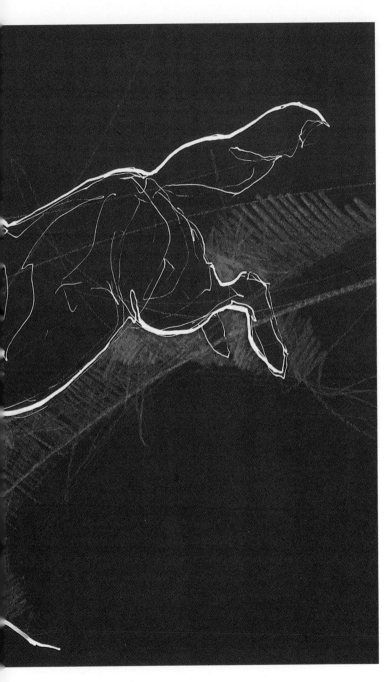

71

«*Se noi stessi dovessimo prendere un coltello o una mazza per abbattere l'animale di cui ci vogliamo cibare ci renderemmo conto del nostro disgustoso desiderio e ci impediremmo di compiere un'azione così degradante e tremenda*».

C.W. Leadbeater

«*Forse non vedrò mai un lupo in libertà nel suo ambiente naturale, ma è importante per me sapere che esistono*».

Anonimo

74

«Una morale che si limita
esclusivamente all'uomo,
escludendo le piante, gli alberi,
gli animali e gli elementi,
si tramuta in un batter d'occhi
nel suo contrario».

H.J. Baden

Ululato. «Era una musica
selvaggia e indomita, echeggiava
tra le colline e riempiva le valli.
Provai uno strano brivido
lungo la schiena. Non era
una sensazione di paura,
capite, ma una specie di fremito,
come se avessi dei peli sul dorso
e qualcuno li stesse accarezzando».

A. Orton

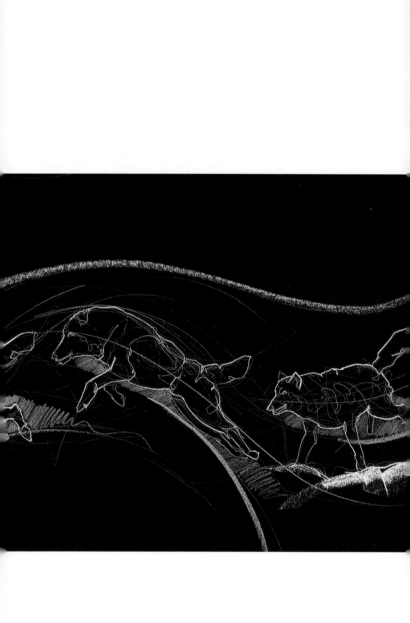

«C'era una volta un giovane, che viveva
con la sua famiglia nella più profonda
miseria. Un bel giorno decise di lasciare
la casa paterna e di andarsene all'avven-
tura per il vasto mondo, sollevando
così i genitori dal peso di doverlo nutrire.
Vagando nella foresta, però, si smarrì.
Debole e malandato, finì per cadere
dentro un pozzo. Ma non era un pozzo
qualunque, perché il suo fango era
magico e gli fece riacquistare all'istante
una salute di ferro. Il giovane prese
con se un po' di quel fango portentoso
e si rimise in viaggio. Cammina cammina,
incontrò un topo ferito, poi un'ape
mezza schiacciata e infine un lupo
storpio. Siccome aveva un buon cuore,
curò con il fango i poveri animali
ed essi gli promisero di aiutarlo,
se mai ne avesse avuto bisogno.

*Di lì a qualche tempo, il giovane giunse
alla capitale del regno. Il re aveva
emanato un bando: chi avesse superato
certe prove, avrebbe avuto in sposa
sua figlia. L'ape, a capo di uno sciame
di migliaia e migliaia di sue parenti,
accorse in aiuto del giovane. Anche
il topo non dimenticò la propria promessa
e radunò tutti quelli della sua specie per
dargli man forte. Il re, però, non aveva
nessuna intenzione di onorare la sua
parola! Fu allora il turno del lupo
di aiutare il ragazzo. Il castello del re
fu attaccato da un grosso branco di lupi,
che in un baleno fecero a pezzi il sovrano
e tutto il suo esercito.
Andò così che il giovane sposò
la principessa e da allora fu ricco.
Lupi, topi e api tornarono nei boschi
da dove erano venuti. E ho sentito dire
che sono immortali».*

Fiaba Ungherese

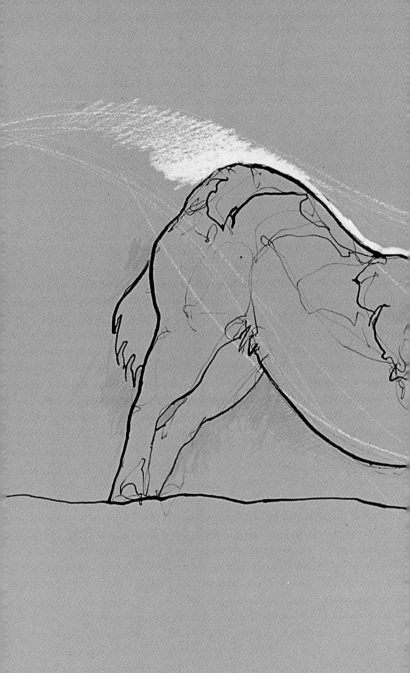

*«(…) Una cosa sappiamo
di sicuro: la terra non è stata
creata per l'uomo, l'uomo
è stato creato per la terra».*

Capo Seattle

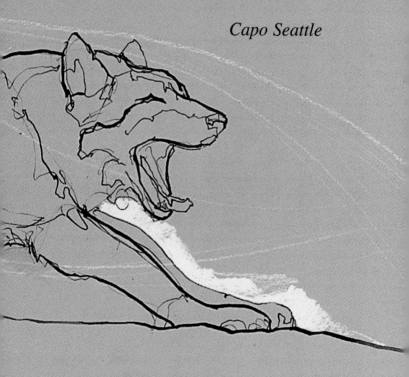

«Una montagna con sopra un lupo
è una montagna più alta».

E. Hoagland

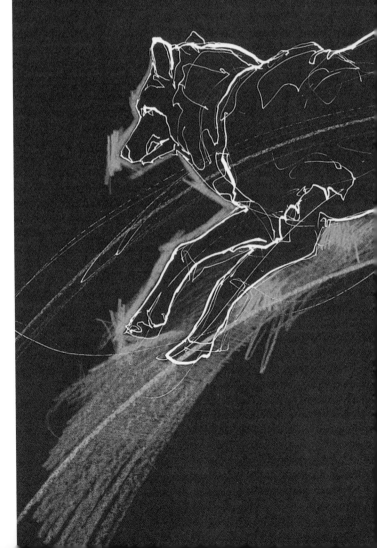

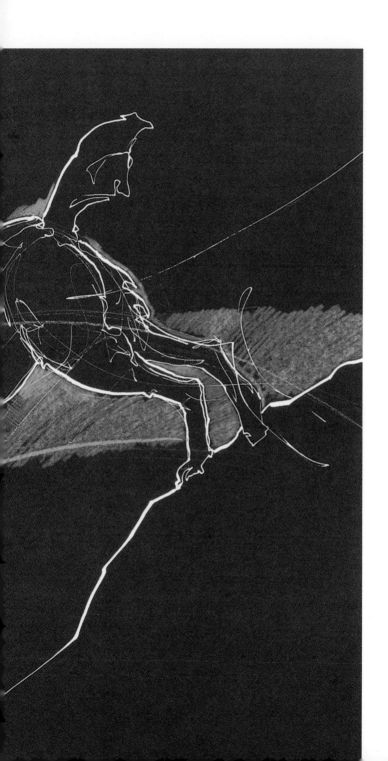

*«Bisogna tener presente che un animale,
sotto molti aspetti non soffre meno
ma più di noi».*

K. Lorenz

«(…) No, l'amore per le bestie
non esclude affatto l'amore
per gli uomini. No, noi non abbiamo
affatto un potere assoluto sugli animali.
No, noi non possiamo negare, senza
mentire, che esistono rassomiglianze
fra le bestie e gli uomini».

L. Macoschi

«Un lupo che voleva rapire un montone,
si pose sotto vento. Il cane del pastore
lo vide e gli disse:
«Lupo, hai torto a marciare nella polvere
perché ti verrà male agli occhi».
Il lupo rispose: «Disgraziatamente,
mio piccolo cane, da lungo tempo
ho gli occhi ammalati e so che la polvere
dei montoni è un rimedio eccellente».

Lev N. Tolstoj

«Verrà il giorno in cui il resto degli esseri
animali potrà acquisire quei diritti che
non gli sono mai stati negati se non dalla
mano della tirannia».

J. Bentham

«L'uomo, quando interviene
nelle cose della natura
fa più male che bene.
Un parco naturale non può
diventare una specie di
croce rossa degli animali.
Per salvarli dallo sterminio,
non occorre difenderli
dall'aquila, dal lupo,
dalla valanga, dalla fame:
basta proteggerli
dall'uomo».

R. Videsott

«Dalla nostra responsabilità
per il mondo naturale
derivano le cure che gli
prestiamo. La protezione
degli animali, la protezione
delle piante, (...) sono perciò
un compito religioso».

H.J. Baden

«Il corvo e il lupo non ci
vedevano dalla fame. Il corvo
volò fino a un essicatoio e rubò
del pesce, ma un ragazzo lo vide
e gli tirò una freccia, poi gettò
il suo corpo senza vita nell'oceano.
La carcassa, sbattuta di qua
e di là dalle onde, fu infine
portata a riva dalla marea.

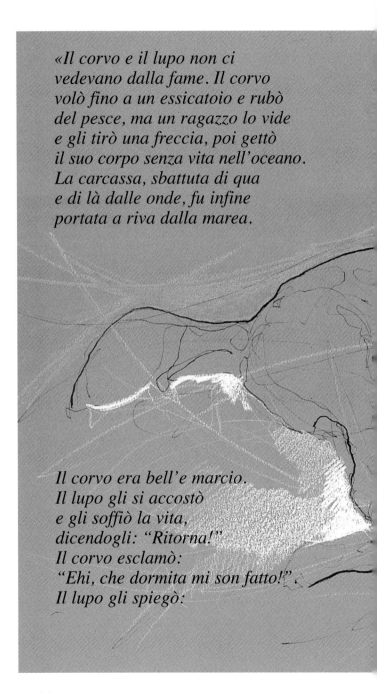

Il corvo era bell'e marcio.
Il lupo gli si accostò
e gli soffiò la vita,
dicendogli: "Ritorna!"
Il corvo esclamò:
"Ehi, che dormita mi son fatto!".
Il lupo gli spiegò:

"Non dormivi, eri morto
e già coperto di vermi".
Il corvo gracchiò un "grazie"
e se ne volò via».

Fiaba degli Yukaghir

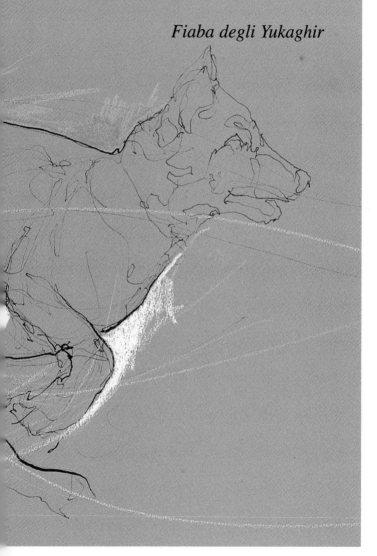

«(...) Volevo insegnar loro
ad ascoltare il palpito
della terra, a partecipare
alla vita universale
e non dimenticare,
nell'urgenza dei piccoli
destini, che non siamo
divinità create da noi
stessi, ma figli e particelle
della terra e del cosmo».

H. Hesse

«Gli animali sono incapaci
non solo di difendere
i propri diritti, ma anche
di difendere se stessi da
coloro che si proclamano
loro difensori».

T. Regan

«Tutto l'animale
è presente nell'uomo,
ma non tutto l'uomo
nell'animale».

Antico proverbio cinese

*«Il miglior modo per comprendere
la totalità della natura è studiarne
i particolari».*

Plinio

*«Non importa in quale degradazione
l'uomo possa sprofondare, da parte mia
non perderò mai la speranza finché
i più umili continueranno ad amare
ciò che è puro e bello e saranno
in grado di riconoscerlo vedendolo».*

J. Muir

«E' troppo facile essere bianchi in questo mondo; per loro quello che conta è il denaro e quelli che chiamano i piaceri della vita, mentre per noi il piacere è questa vita che ci circonda, la vita è l'erba che cresce, sono quelli che ci stanno accanto, le nuvole, gli uccelli, tutte le cose vive che fanno la nostra famiglia: è questa la bellezza».

R. Means

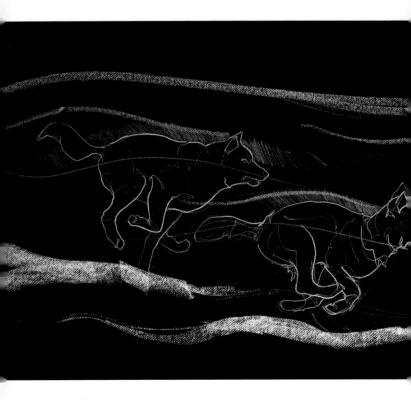

«La bellezza suprema è la totalità
organica, la totalità della vita e delle
cose, la divina bellezza dell'universo.
E' questo che bisogna amare, non l'uomo
separato da ciò».

R. Jeffers

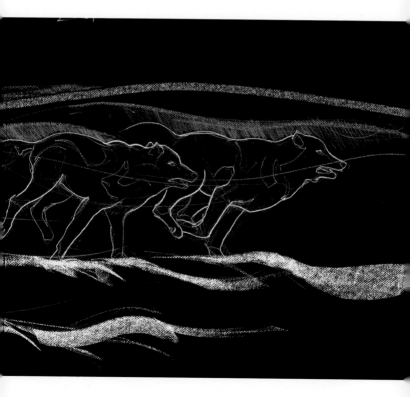

«Quando togliamo
qualcosa alla terra,
dobbiamo anche
restituire qualcosa.
Noi e la terra
dovremmo essere
compagni con
uguali diritti.
Quello che
noi rendiamo

alla terra può essere una cosa così
semplice e allo stesso tempo così
difficile come il rispetto.
(…) Dobbiamo imparare una cosa:
non possiamo sempre prendere,
senza dare qualcosa di persona.
E dobbiamo dare a nostra madre,
la terra, sempre, tanto quanto
le abbiamo tolto».

J.C. Begay (capo Indiano Navajo)

«Il dilemma dell'umanità odierna è come
si possa rientrare nella natura e come
l'uomo, creatore relativamente
irriguardoso e orgoglioso del secondo
- il mondo della civiltà - possa far
rivivere e ristabilire il primo mondo,
che lo ha curato teneramente
e lo ha portato alla vita».

L. Eiseley

«Io sono la terra
i miei occhi sono il cielo
i miei arti alberi
io sono la roccia,
la profondità dell'acqua
io non sono qui per sopraffare
o sfruttare la natura
io stesso sono la natura».

Poesia della Tribù Hopi

«Nel paese dei tigrè vivono molti lupi
e qualche volta succede che un lupo
uccida una capra o, se sono in branco,
una mucca. Gli uomini allora non
permettono ai lupi di portarsi via la
preda, ma senza sparare o cacciarli
con bastoni o pietre si limitano a tirargli
contro dei ciottoli. Anche se i lupi
si rifiutano di rinunciare all'animale
che hanno ucciso e se lo mangiano,
gli uomini non li feriscono con ferro
o legno o pietre, e lo fanno per questo
motivo: quando un lupo viene ferito,
intinge la punta della coda nel proprio
sangue e lo spruzza addosso a chi
l'ha ridotto così. Se una sola goccia
di sangue lo tocca, quell'uomo muore.
Ecco perché non scagliano contro i lupi
altro che piccoli ciottoli: hanno paura
del sangue. Fino a oggi nessuno ha mai
ucciso un lupo. Anche i lupi non uccidono
gli uomini, li minacciano ma non
li uccidono. Quando qualcuno dice:
«Il mio sangue è sangue di lupo»
significa che chi dovesse spargere
il suo sangue, morirebbe lui stesso».

Storia dei Mensa Bet-Abrehe

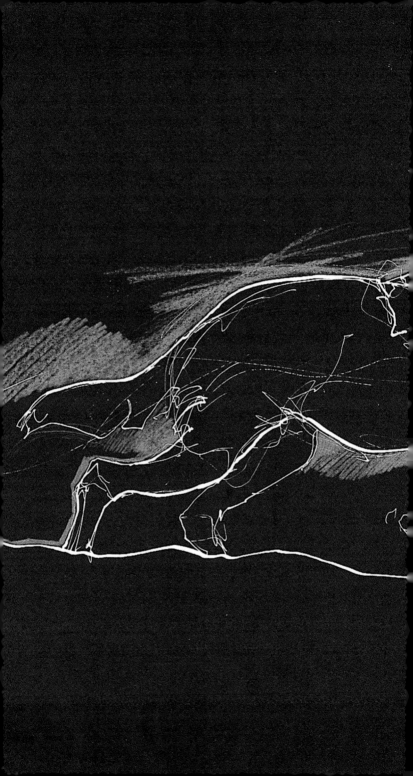

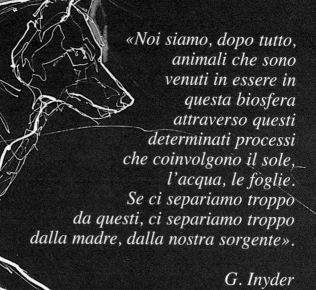

«*Noi siamo, dopo tutto,
animali che sono
venuti in essere in
questa biosfera
attraverso questi
determinati processi
che coinvolgono il sole,
l'acqua, le foglie.
Se ci separiamo troppo
da questi, ci separiamo troppo
dalla madre, dalla nostra sorgente*».

G. Inyder

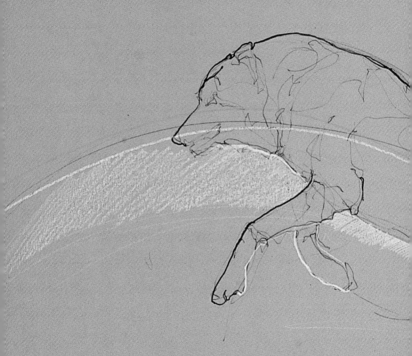

«*Sarà la bellezza a salvare il mondo*»

Dostoevskij

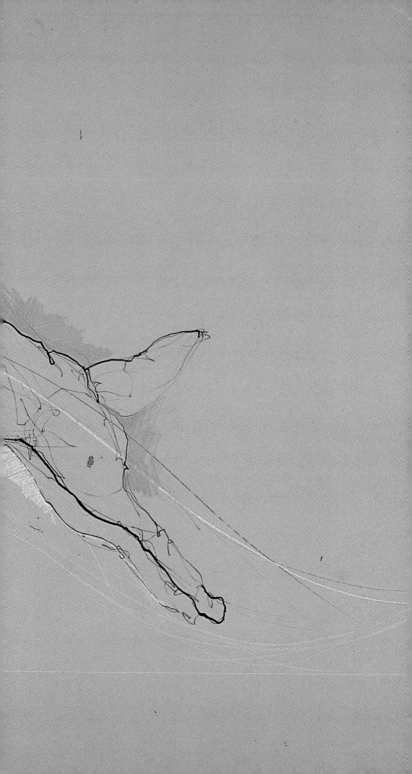

LUPO·CANIS LUPUS·

Lunghezza: 100-150 cm. (coda: 33-50 cm).
Altezza al garrese: 66-100 cm.
Peso: 20-50 kg.

Insieme all'Orso bruno, il lupo è certo il predatore
più forte e conosciuto d'Europa. Il lupo popolava
un tempo tutta l'Europa. Scomparso dalle Alpi
alla fine del secolo scorso, il lupo sopravvissuto in
Italia nelle foreste dell'Appennino e soprattutto
nel Parco Nazionale d'Abruzzo, ha dimostrato
recentemente un notevole incremento (la popolazione tra Appennini e Alpi Occidentali è stimata
in 500-550 individui). Ma rispetto al lupo europeo, quello italiano appartiene a una popolazione
unica, geneticamente non contaminata, e proprio
quelli originari dell'Appennino che stanno rico-
lonizzando le Alpi settentrionali, fra Piemonte
(dove vivono 25-30 individui) e Liguria, sconfi-
nando nelle Alpi Marittime francesi. Questo
recente e positivo incremento è stato favorito da
più cause: la protezione della specie decretata nel
1972; l'introduzione degli ungulati (in particolare
Daino, Muflone e Cervo); l'incremento del
Cinghiale (che costituisce una base alimentare
durante tutto l'anno); l'abbandono delle zone
montane da parte dell'uomo e la ripresa dell'alle-
vamento del bestiame con animali lasciati al
pascolo senza sorveglianza. Ma la convivenza
con l'uomo non sempre si avvicina all'equilibrio,
basti ricordare solo due dati: -60 è la media dei
lupi che ogni anno vengono uccisi illegalmente in
Italia; -1.200.000 sono i cani che vagano per le

campagne, randagi e rinselvatichiti, ben più aggressivi e feroci dei lupi, e responsabili dei maggiori danni contro gli allevamenti di bestiame. La speranza futura risiede nell'autentica conoscenza della specie "Canis Lupus".

Un branco di lupi è un'unità sociale coesa, complessa e finemente strutturata, composta da 3 o 4 membri sino a un massimo di 20 o 30, la maggior parte imparentati tra loro. La coppia che si riproduce (detta Alfa) è l'elemento centrale del branco. Maschio e femmina si sono scelti a vicenda, e il loro legame di solito dura per molti anni, a volte anche per tutta la vita. Dopo che la femmina ha partorito (da 3 a 6 piccoli), per tutto il periodo dell'allattamento viene nutrita da tutto il branco, e lo stesso provvederà, oltre al padre, a portare carne ai cuccioli dopo lo svezzamento. Ma sarà compito esclusivo del padre (unico in natura, tra i mammiferi, a svolgere questo ruolo in modo straordinario, sia per dedizione, affetto e capacità "educative") proteggere i cuccioli, insegnare loro le regole della gerarchia del gruppo e l'attività della caccia, la quale non è istintiva ma deve essere appresa.

La coesione del branco si rivela estremamente efficace nelle battute di caccia: visto che il lupo non è molto veloce nella corsa (quasi tutte le sue possibili prede lo superano), utilizza al meglio la sua capacità di resistenza (può coprire oltre 30 km con un trotto costante, che mantiene per ore, di 6-10 km/h) e una volta scelto il gruppo di ungulati da cacciare, l'individuo giovane o vecchio, malato o ferito resterà indietro, e proprio lui sarà la vittima dei lupi.

Con morsi ai quarti posteriori, al naso e al ventre la preda si dissangua e si indebolisce: il colpo di grazia sarà un morso alla gola. Ciò che inoltre determina l'efficienza di questo perfetto predatore riguarda il suo olfatto, 100 volte più fine di quello dell'uomo (può fiutare una preda fino a 3 km); il suo udito, 20 volte più fine di quello umano (può udire l'ululato dei suoi simili a oltre 16 km di distanza), e non ultima la forza delle sue potentissime mandibole, le quali possono esercitare una pressione di oltre 100 kg per cm^2.

Il lupo caccia qualsiasi animale, dai piccoli roditori ai grossi ungulati, non disprezzando una dieta a base di frutti selvatici o altri vegetali.

INDICE DELLE TAVOLE

Marcus Parisini, nasce a Genova nel 1966, conseguita la maturità artistica frequenta la Facoltà di Architettura a Firenze e poi l'Accademia di Belle Arti di Brera a Milano.

Nel 1988 abbandona la città per andare a vivere in Montagna, in alta Valle Grana (CN), in una borgata semi abbandonata a 1300 metri di altitudine dividendo il suo tempo tra la cura di un cavallo, delle capre, qualche alveare e l'attività di disegnatore.

Ha collaborato con diverse riviste, tra cui "Airone" e "Bell'Italia" e illustrato due volumi per la Fabbri Editore.

Pittore professionista in mostre collettive e personali, tra cui quelle nei musei di scienze naturali di Genova, St-Pierre (AO), Torino, Trento e Firenze.

Esperto di disegno naturalistico, docente di illustrazione presso l'Accademia di Belle Arti di Cuneo e presso l'Istituto Europeo di Design di Torino.

Per la nostra collana editoriale ha pubblicato: "L'anima degli animali"; "Il mio caro vecchio lupo"; "L'anima degli Indiani"; "Creature di Dio" e "La danza degli alberi".

Marcus Parisini vive e lavora in Borgata Rossi, Monterosso Grana (CN).

Finito di stampare nel mese di maggio 2008
dalla Tipografia Sartor in Pordenone per conto della
Edizioni Biblioteca dell'Immagine di Pordenone